昌平縣

建置沿革

昌平縣，《圖經志書》：本漢軍都縣，屬上谷郡。按舊記，太行山有八陘，第八爲軍都陘，在幽州，是知縣名軍都，取山名也。後漢屬廣陽郡，晋屬燕國。後魏徙治於縣東北，置東燕郡及平昌郡昌平縣。其後革郡存縣，以隸幽州。後周州縣皆革，未幾復置平昌郡。隋開皇初革郡，以其地屬涿郡。唐大曆十四年置縣，復漢舊名。後唐同光二年，改曰燕平。延昌元年，徙曹村。二年，又徙白浮圖城。未幾，又改置今治所。石晋復名昌平，割以賂遼。金既取遼，復以歸宋。宣和七年，又没於金。元因之，屬大都路。延祐二年，徙治於縣西南五里新店。洪武元年八月内附，復徙舊治，隸北平府。

《大明清類天文分野之書》：漢軍都縣屬上谷郡，東漢屬廣陽郡。晋屬燕國。元魏徙縣治於東北二十里，置東燕州及平昌郡昌平縣，後郡罷，而縣屬幽州。後周州縣皆罷，又置平昌郡。

隋開皇初郡罷，地屬涿州。唐大曆十四年爲望縣。五代唐同光二年改燕平縣，石晉復昌平舊名，割地賂遼，而昌平亦隨之。金得地以遺宋。宋宣和五年爲燕山府屬縣，七年復入金。元屬大都路。本朝屬北平府。

《太平寰宇記》：昌平縣，西北九十五里。四鄉。本漢軍都縣，屬上谷郡。後漢改屬廣陽郡。晋《太康地志》：軍都縣屬燕國，後魏移軍都縣於今縣東北二十里，即故城，在其南也。更於今縣郭城置東燕州及平昌郡昌平縣，後郡廢而縣隸幽州。

《輿地廣記》云：北十五里有軍都陘，西北三十五里有納款關，即居庸故關，亦爲之軍都關。其北有防禦軍，古夏陽川也。有狼山。

《元一統志》：漢軍都縣屬上谷郡。按舊記，太行山首始河内，北至幽州，太行有八陘，第八軍都陘在幽州。漢名縣以軍都，取山名也，莽改曰長昌。後漢屬廣陽郡，至晋燕國。後魏徙軍都縣治於縣東北二十里，即縣郭置東燕州及平昌郡昌平縣，後郡廢而縣存，以隸幽州。至後周州縣皆廢，又置平昌郡。隋開皇初，郡廢，地屬涿郡。唐大曆十四年，節度使朱泚奏爲望縣，復漢舊名。五代唐同光二年，改曰燕平縣。延昌元年，徙治曹村。二年，又徙於白浮圖。俄未幾，即今昌平縣地置治。石晋復昌平舊名，割地賂遼，而昌平亦隨之。金既得地，後以遺宋。宣和五年爲燕山府屬縣。七年，復入金，終金之世曰平昌。國朝因之，隸大都。

《輿地要覽》：昌平本漢軍都縣，屬上谷郡，莽曰長昌。後魏即縣郭置東燕州及平昌郡昌平縣。唐改燕平，石晋仍爲昌平，割以遺遼，金以遺宋，後復爲金所有，仍舊名。國朝因之，隸大興府。

縣境

《圖經志書》：東西一百三十里，南北九十里。

至到

《圖經志書》：南到北平府九十里；東至本府密雲縣界臺下村八十里，自界首到密雲縣治五十里，共計一百三十里；東南至本府順義縣界申家莊五十里，自界首到順義縣治四十里，共計九十里； 南至本府宛平縣界雙泉店六十里，自界首到宛平、大興二縣治三十里，共計九十里； 西至宛平縣盧溝橋一百一十里，自界首到良鄉治三十里，共計一百四十里； 西至本縣界高崖口五十里，境外無州縣； 西北至本縣白羊口巡檢司界首三十里，自本司到石關一十五里，共計五十五里，境外無州縣； 北至本縣居庸關三十里，到上關八里，共計三十八里； 東北至順義縣界平地分村七十里，自界首到密雲縣治連口四十里，共計一百一十里。

《元一統志》： 北至上都七百三十里，南至大都七十里，東至順州界白狼河六十里，西至礬山界菩薩墓七十里，南至大都七十里，北至縉山縣界灰嶺四十里，東到順州九十里，南至宛平縣九十里，西到礬山城二百二十里，北到縉山縣灰嶺四十里，東南到大都七十里，西南到良鄉縣一百四十里，西北到縉山縣居庸關四十里，東北到檀州一百五十里。

城池

《圖經志書》： 土城，周圍四里八十四步，

順天府志卷十四

昌平縣

建置沿革

昌平縣，《圖經志書》：本漢軍都縣，屬上谷郡。按《舊記》，太行山有八陘，第八爲軍都陘，在幽州，是知縣名軍都，取山名也。後漢屬廣陽郡，晉屬燕國。後魏徙治於縣東北，置東燕郡及平昌郡昌平縣。其後革郡存縣，以隸幽州。後周州縣皆革，未幾復置平昌郡。隋開皇初革郡，以其地屬涿郡。唐大曆十四年置縣，復漢舊名。後唐同

光二年，改曰燕平。延昌元年，徙曹村。二年，又徙白浮圖城。未幾，又改置今治所。石晉復名昌平，割以賂遼。金既取遼，復以歸宋。宣和七年，又從於金。元因之，屬大都路。延祐二年，徙治於縣西南五里新店。洪武元年八月內附，復徙舊治，隸北平府。

《大明清類天文分野之書》：漢軍都縣屬上谷郡，東漢屬廣陽郡。晉屬燕國。元魏徙治於東北二十里，置東燕州及平昌郡昌平縣。後郡罷，而縣屬幽州。後周州縣皆罷，又置平昌郡。

縣界中家莊五十里，自界首到順義縣治四十里，
治五十里，共計一百三十里；東南至本府順義
至本府密雲縣界臺下村八十里，自界首到密雲縣
《圖經志書》：南到北平府九十里；東

至　到

十里。

《圖經志書》：東西一百三十里，南北九

縣　境

府

遼、宋，後復爲金所有，仍舊名。國朝因之，隸大興

平縣。唐改燕平，石晉仍爲昌平，割以遺遼，金以
郡，莽曰長昌。後魏即縣郭置東燕州及平昌郡，昌
《輿地要覽》：昌平本漢軍都縣，屬上谷
國朝因之，隸大都。
爲燕山府屬縣。七年，復入金，改金之世曰平昌。
而昌平亦隨之。金既得地，後以遺宋。宣和五年，
今昌平縣地置治。石晉復昌平舊名，割地賂遼，
年，徙治曹村。二年，又徙於白浮圖。後未幾，即
舊名。五代唐同光二年，改曰燕平縣。延昌元
郡。唐大曆十四年，節度使朱泚奏爲望縣，復漢

金山口，在青龍橋西北，兩山對峙，中有小徑，西南通宛平縣瓦窑村。

七度水泉，虎眼泉附。源出縣北十里虎峪山南，流半里許，伏而不見，至縣城西北復出，以其出虎峪山，遂名虎眼泉；以其水至清，故又名清水泉。隋《圖經》云：清水泉無下尾，以其不遠伏流故也。下與白泉水合。《太平寰宇記》：隋《圖經》：七度水，在昌平界。按：虎眼泉，俗諺「白高粱，無上源；清水泉，無下源」，蓋以粱漫流，瀦藉泉所在，分流散漫。

龍泉，源出縣東北蘭溝社神嶺下，南流入榆河。

芹城水，源出芹城下，西南會龍泉水，至西蘭溝，入榆河。《元一統志》：源出縣界會陽山。

黃花鎮河，源出縣東北黃花鎮，東南流入密雲縣界，又東南入白河。

白浮泉，源出縣東神山，流經本縣，東入雙塔河，爲通惠河之源。

百泉，源出縣城東北，至南礦頭與虎眼泉合流，入雙塔河。

一畝泉、馬眼泉、南安泉。已上三泉，俱出縣西孟村社，經南雙塔故城合流，入雙塔河。

然，而謂丁匠以執役，則將厲民。用經常以充
意若曰：「朕之建塔寶，有報施於神明，不可爽
正二年二月二十一日，以宿昔之願，而諭近臣旨
西域浮圖，下通人行，皈依佛乘，普受法施。乃至
紅門之內，因兩山之麓，伐石築基，疊甃跨道，爲
拖之狀，聖衷惕然，默有所禱。期以他日即南關
一日覽燕度關，仰思祖宗戡定之勞，俯思山川拱
是。今上皇帝纘統以來，頻歲行幸，率遵祖武。
置斥候。每歲之夏，車駕清暑灤京，出入必由於
歐陽玄《塔銘》：皇畿南北爲兩紅門，設扃鑰，

建焉。其爲壯麗雄偉，爲當代之冠。有敕命學士
年，始命大丞相阿魯圖、左丞相別兒怯不花等創
界。自我朝始於南北作二大紅門，今上以至正二
南則都城，北則過上京，止此一道。昔金人以此爲
過街塔銘，歐陽玄文：關舊無塔，玄都百里，
春秋往復，多所題咏。今古名流并載於是。見《秋澗集》。
莫之與京。關之南北有三十里，兩京扈從大駕，
駕往回或駐蹕於寺，有御榻在焉。其寺之壯麗，
永明寺之南，花園之東，有宮一二，朝京而立。車
相阿魯圖、左丞相別兒怯不花創建。過街塔，在

處。
即「驛寄梅花」
應爲「庾」字，
無「大庾嶺」，
原稿爲「庾」。
「注三」「庾」。

劍門關，在蜀中夔州府。
玉門關、蕭關、鬼門關，在欽州。
萬招關，在邵武、建昌分水嶺。
大庾嶺，[注三]頭上最高，梅花無限。
梅嶺關，在江西南安路。
藍關，陝西商於縣，去武關三十里。
虎牢關、武關，二關俱在平地。
則宣關，汝寧東。
西關，上都。
隘界。

俞關、武陽關、西正關、狗骨關，山東益都般
青石關，在般陽。
石嶺關，在忻州太和嶺。
倒馬關，在飛狐嶺。
草橋關，在雄州。
一塞。
雁門關，在代州，去城三十里。紫塞北亦係
常住資供之產。
園，綿亘數十里，軍民賴之。係彼處寺中所主，爲
近，[注一]即文廣私下三關之一也。關內外率多栗

堂鄉」。
鄉」。應爲「齋
宛平縣無「齋唐
原稿作「唐」。
「注一」「堂」。

決，餘址俱無。《元一統志》：今縣又自常道城移於耿橋行市。《析津志》：唐武德四年，安次移治於城東南五十里，有石梁城。

石梁城，《寰宇記》云：唐武德四年，移安次縣於東南五十里。石梁城，今莫究其地。

葛榆城，《元一統志》：城周圍二里，在州南八十里，基址微存。

劉琨冢，《圖經志書》：《元和郡縣志》云，在安次縣東二十里。按《晉書》：琨與幽州刺史段匹磾同謀討石勒，屯薊城，後爲匹磾所害，遂葬於此。自後縣屢徙，莫知所在。

戶口

《圖經志書》：洪武二年，初報戶四百四十八戶，口一千四百五十五口。洪武八年，實在戶三千七百七十四戶，口一萬五千八百五十一口。

田糧

《圖經志書》：洪武二年，初報民地九十七頃一畝，每畝起科，夏稅地正麥五升，秋糧地正米五升。洪武八年，實在地二千一十三頃七十三畝一分二厘九毫二忽六微，官地一十四頃二十三畝七分四厘一毫四絲一忽三微，每畝起科，夏稅

高一丈五尺，上闊五尺，下闊一丈。壕池深闊各不等。

廨宇

《圖經志書》：按察分司，在縣治東，洪武九年創蓋。

縣治，在城中惠政坊，洪武三年依式創蓋。

税課局，在麾鎮坊，洪武八年創蓋。

惠民藥局，在麾鎮坊，洪武六年創蓋。

官鹽局，在麾鎮坊，洪武四年設置。

急遞鋪八：每鋪烟墩一座。在城鋪、長坡鋪、南口鋪、雙塔鋪、皂角鋪、榆河鋪、唐家嶺鋪、清河鋪。

申明亭九：在城、白浮社、豐善社、藺溝社、北口社、清河社、孟村社、常樂社、青龍社。

養濟院，在麾鎮坊，洪武八年創蓋。

安樂堂，在進德坊，洪武九年創蓋。

坊市

麾鎮坊、進德坊、惠政坊、致和坊。

鄉社

修睦社、大有社、循理社、秉常社、桃林社、能儉社、興壽社、芹城社、德新社、興善社、郭化社、南治社、尚節社、從善社、孝思社。已上舊屬東鄉。太平社、率勤社、清和社、衍慶社、安素社、慶豐社、豐善社、義昌社、文振社。已上舊屬南鄉。廣信社、允恭社、用和社、昭信社、日新社、撝謙社、常樂社、景純社、常豐社。已上舊屬西鄉。惠政社、麾鎮社、居安社、嘉會社、清化社、永豐社、餘慶社、安順社。八社，舊屬北鄉。已上并見《圖經志書》。

《元一統志》：東鄉、西鄉、南鄉、北鄉。

軍屯

《圖經志書》：大興左衛一十二：白浮社一，蘭溝社一，清河社五，青龍社一，豐善社二，孟村社一，常樂社一。

濟陽衛三：坊市社一，白浮社二。

永清右衛四：蘭溝社二，豐善社二。

壇場

社稷壇，在城西北，洪武三年創建，八年依式修整。

風雲雨山川壇，在城東南，洪武三年創建，八年依式修整。

無祀鬼神壇，在城東北，洪武八年依式創築。

祠廟

三皇廟，在縣治東，洪武九年創建。

文廟，在縣治西，洪武八年創建。

城隍廟，在縣治東南，洪武四年依式創建。

學校

縣學，在縣治西北，洪武八年創建。

射圃，在縣治西，洪武八年創築。

分教學舍，在縣治南，洪武八年創蓋。

社學六：坊市社、白浮社、豐善社、常樂社、北頭口社、藺溝社。

風俗

與本府同。

山川

湯山，在縣東三十五里，下有温泉，俗呼聖湯。已上并見《圖經志書》。《元一統志》：在縣西北二十五里湯谷，其上有寺曰佛巖。一在昌平縣東南三十五里，地名湯山，其上有寺。

綿山，《圖經志書》：在縣東北三十里。《元一統志》：山在縣東三十里，有寺，以山爲名。

神山，在縣東一十里，下有水源。

虎峪山，在縣北一十里，下有七度水源出焉。

粟山，在縣西北三里。

玉泉山。已詳見宛平縣。

金山口，在青龍橋西北，兩山對峙，中有小徑，西南通宛平縣瓦窑村。

七度水泉，虎眼泉附。源出縣北十里虎峪山南，流半里許，伏而不見，至縣城西北復出，以其出虎峪山遂名虎眼泉；以其水至清，故又名清水泉。隋《圖經》云：清水泉無下尾，以其不遠伏流故也。下與百泉水合。《太平寰宇記》：隋《圖經》：七度水，在昌平界接虎眼泉，俗諺「白高梁無上源，清水泉無下源」，蓋以梁微流，憑籍泉所在，分流散漫。

龍泉，源出縣東北藺溝社神嶺下，南流入榆河。

芹城水，源出芹城下，西南會龍泉水，至西藺溝入榆河。《元一統志》：源出縣界會陽山。

黄花鎮河，源出縣東北黄花鎮，東南流入密雲縣界，又東南入白河。

白浮泉，源出縣東神山，流經本縣，東入雙塔河，爲通惠垻河之源。

百泉源，出縣城東北，至南碾頭與虎眼泉合流，入雙塔河。

一畝泉，馬眼泉，南安泉。已上三泉，俱出縣西孟村社，經南雙塔故城合流，入雙塔河。

沙澗泉，出縣常樂社，即榆河之上流也。

冷泉，源出青龍橋社金山口，與玉泉合，下流爲清河。

玉泉，源出青龍橋社玉泉山，與冷泉合，下流爲清河。《元一統志》：泉源出縣西南七十里玉泉山，東南流入宛平縣界。

清河，源出縣南玉泉、冷泉二水，流至東燕丹村東南，入榆河。《元一統志》：河源出縣西南一畝泉流入。

雙塔河，源出縣西孟村社一畝等泉，經雙塔店東，至豐善社流入榆河。

榆河，在縣西南二十里孟村社，乃沙澗泉之下流，至縣東南，又與雙塔河諸水合流，至順義入白河。《元一統志》：河源出縣孟村西一畝泉，東流至順州，入白河。《析津志》云：在州西南二十五里，出縣界，西南歷堠上保，東南接通州，與温餘河合。

温泉，源出縣東蘭溝社湯山，其水温可浴而愈疾。《元一統志》：在縣東南三十五里湯山下。

通惠河，在縣東南，乃龍泉、白浮及馬眼、一畝等泉合流，入榆河處，即垻河之源也。

虎眼泉，《元一統志》：源出昌平縣西北城下，至豐善村入榆河合流。

黄花口，在縣東一百里。《圖册》云。

小嶺口，在縣西南三十里。《圖册》云。

古北口，《析津志》：在州北一百五十里。

自此以下，屬支檀州管。

磚垜子口，在州東北一百五十里。

墻子嶺口，在州東百里。

漢兒嶺口，在州一百五十里。

乞立口，在州西北四十里。

翠屏口，在昌平北二十里，舊名得勝口。金大定二十五年五月，改名大安，國朝癸酉年敗金人於此。

去歲翠屏下，東流看漫波。愁明新鬢髮，還對舊關河。健翅翻秋隼，高峰并晚駝。草深饒虎迹，夜黑欲誰過。

地擁山河壯，營開劍甲重。馬牛來細路，鐙火出寒松。刀斗方嚴夜，羔裘欲禦冬。可憐天設險，不入漢提封。

玉帳初鳴鼓，金鞍半偃弓。傷心看寒水，對面隔華風。山去何時斷，雲來本自通。不須驚异域，曾在版圖中。

野蔓栯駝架，輕泥濺馬鞍。徑斜來險石，溪急上清灘。羽檄千山靜，羔裘六月寒。長招空大

〔注一〕「别」，原稿脱，據上文補。

〔注二〕「揄」，原稿作「輸」，據《析津志輯佚》改。

費，則將傷財。今朕輟内帑之資以助營繕，僦工市物，厥直爲平，庶幾無傷財厲民之慮，不亦可乎？」群臣聞者，莫不舉首加額，稱千萬壽。於是申命中書右丞相阿魯圖、左丞相别兒怯不花、〔注一〕平章政事帖木兒達識、御史大夫太平，總提其綱。南里剌麻其徒曰亦恰朵兒、大都留守賽罕、資政院使金剛吉、太府監卿普賢吉、太府監提點八剌室利等，授匠指畫，督治其工。卜以是年某月經始。山發珍藏，工得美石，取給左右，不煩輓輸，爲費倍省，塹高堙卑，以杵以械，墌堅且平。

塔形穹窿，自外望之，揄相奕奕。〔注二〕人由其中，仰見圖覆，廣壯高蓋，輪蹄可方。中藏内典寶詮，用集百虛，以召諸福。既而緣崖結構，作三世佛殿。前門翬飛，旁舍棋布。賜其額曰大寶相永明寺。勢連崗巒，映帶林谷，能令京城風氣完密。如洪河之道中原，砥柱以制横潰；如大江之出三峽，激灧以遏奔流。又如作室，北户加墐，歲時多燠。由是邦家乂寧，宗廟安妥，本枝昌隆，福及億兆，咸利賴焉。五年秋，駕還自灤京，昭睹成績，乃作佛寺行慶講儀。明年三月二十日，中書左丞相別兒怯不花、平章政事納璘，教化參知政事朵兒典班等，請敕翰林學士承旨歐陽玄爲文，江浙行省平章政事達世帖木兒書丹，翰林學士承旨張起巖篆額，勒之堅石，對揚鴻釐。上允所請。於是，中書傳諭臣玄等，玄謹拜手稽首言曰：「自古帝王之建都也，未有不因山河之美以爲固者也。然有形之險，在乎地勢，無形而固者，在乎人心。是故先王之治天下，以固人心爲先。固之之道，惟慈與仁，必施諸政。是故使衆曰慈，守位曰仁，《六經》之言也。求之佛氏之説，有若符合者矣。我元之初取金也，既入居庸，尋振旅而出。

蓋知金季之政，不足以固人心也，又奚必據險以扼人哉？世皇至元之世，南北初一，天下之貨，聚於兩都，而商賈出是關者，譏而不征，此王政也。皇上造塔於其地，一銖一粟，一米一石，南畝之夫，一無預焉。於以崇清净之教，成無爲之風，廣惻隱之心，行不忍人之政，冥冥之中，敷錫庶福，陰隲我民。觀感之餘，忠君愛上之志，油然以生，翕然以隨。此志固結，豈不與是關之固相爲悠久哉！且天下三重，王者行之，制度其一事也。制度行遠，莫先於車。三代之世，道路行者，車必同軌。今兩京爲天下根本，凡車之經是塔也，如出一轍，然則同軌之制，其象豈不感著於是乎？車同軌矣，書之同文，行之同倫。推而放諸四海，式諸九圍，孰能禦之。」

珠請歎詩曰：燕代之山，蟺蜿西來。氣脉趨海，折而東迴。廓爲皇都，磅礴所鍾。司我北門，寔爲居庸。居庸爲關，以邏以遮。中闢黄道，歲迓翠華。聖皇凝情，妙契佛法。誕即通達，興造寶塔。日官測圭，大匠置槷。出帑内府，成是巖嶭。相彼竺乾，浮屠以居。上祠金容，次庋寶書。維佛願力，證彼三乘。功德之最，浮屠計層。維此居庸，地宜玄武。奚崇功德，用鎮朔土。鑿石於山，神厭堅良。平壑爲址，厥址正方。載塓載堊，中通如闕。覆地半圜，匪璜匪玦。千葉萬綺，徑行憧憧。息彼邪道，同歸正宗。正宗維何，奚靖奚清。仁不嗜殺，慈不尚争。德音颯颯，王度平平。慧日法雲，光幬大千。思昔夏后，鑄鼎象物。民逢魅魑，賴是禳祓。九牧之金，裒貢九州。孰若是塔，功成優游。民不知勞，兵不知級。

攘茲扼塞，靖安疆場。睠言勝因，非比有漏。式翠且固，天子萬壽。皇畿巍巍，垂裕後人。詞臣作歌，請勒堅珉。

車稜稜，石确确，車聲彭彭門石角，馬蹄蹴石石欲落。不知何年鬼斧鑿，僅共青天通一握。〔注一〕上有藤來萬仞之崖，下有泉噴千丈之壑。〔注二〕太行羊腸蜀劍閣，身熱頭疼縣度索。一夫當關萬夫非，未必有此奇巘崿。吾皇神聖混地絡，烽火不焚停夜柝，但有地險今猶昨。我扶瘦筇息倦脚，兩崖突出雲漠漠，平沙風動鳴凍雀。

參政郭彥高：形勢嵳峩壓劍關，兩崖突出白雲間。千年畫古丹青在，一合屏開水墨閑。石怪遠吞衰草闊，溪流斜繞亂山灣。布衣多少奔騰客，冠蓋誰能滿意還。

焦景山：堆藍疊翠扼雲川，神力堅開固有年。分得蓬萊三島境，畫成兜率一重天。雲開道院間門户，雨後人家小市鄽。李杜詩林吟不盡，丹青安得老龍眠。

大司空雲麓俱有詩：蕭蕭野店倚晴峰，接軫戎車不斷踪。一徑扼吭通上谷，重關跨險控盧

〔注一〕「通」，原稿爲「道」，據《析津志輯佚》改。

〔注二〕「丈」，原稿爲「夫」，據《析津志輯佚》改。

天生石城門鐵樞，地分南北北無虞。誰論事去如橫草，反擬中原是盜區。

一身勤儉萬方親，岩險何嘗阻得人。安得愚翁鏟疊嶂，却使世主恒修仁。

松亭關，與居庸、古北關爲三關，世并聞之。南口、大口在南，北口在北，即呼爲漢兒山。過北去是爲⿰羊旦⿰羊旦山，則萬里如掌，十一室、温房子於⿰羊旦⿰羊旦山少止，易大白牛車凡數十，牛機一車，轍迹所止，咸成居焉。飛放縱情，莫樂於是。《松雲聞見録》

瓦橋關，在歸義縣南，距莫州三十里，宋白云北瓦橋也。亦曰瓦子，濟適涿南易東。周顯德中收復三關，其地擅幽薊，遂爲雄州。

益津關，在燕京南文安縣沙塘。易、徐衆河不流，皆會北淮，一橋津度。唐末劉仁恭拒梁，宋拒遼、金，皆戍此。

薊門關，唐開元十八年析幽州之漁陽、三河、玉田，分置薊州，取古薊關以州。

祁溝關，東北至涿州四十里，西北至易州六十里。

紫荊關，今在遂州，與宛平縣齋堂鄉西界相

近，〔注一〕即文廣私下三關之一也。關内外率多栗園，綿亘數十里，軍民賴之。係彼處寺中所主，爲常住資供之産。

雁門關，在代州，去城三十里。紫塞北亦係一塞。

草橋關，在雄州。

倒馬關，在飛狐嶺。

石嶺關，在忻州太和嶺。

青石關，在般陽。

渝關、武陽關、西正關、狗骨關，山東益都般陽界。

西關，上都。

恨這關，汝寧東。

虎牢關、武關，二關俱在平地。

藍關，陝西商於縣，去武關三十里。

梅嶺關，在江西南安路。

大庾嶺，〔注二〕頭上最高，梅花無限。

萬招關，在邵武、建昌分水嶺。

玉門關、蕭關、鬼門關，在欽州。

劍門關，在蜀中夔州府。

〔注一〕「堂」，原稿作「唐」，宛平縣無「齋唐鄉」，應爲「齋堂鄉」。

〔注二〕「庾」，原稿爲「度」，無「大度嶺」，應爲「庾」字，即「驛寄梅花」處。

昭關，在廬州。

鐵門關。

鐵湘關。已上并見《析津志》。

得勝口，《圖經志書》：在縣北二十里，崖壁險峻，入深一里半。

錐石口，在縣北二十里，崖壁險峻，漸遠漸窄，入深一里半。

灰嶺口，在縣東北二十八里，壁峭路險，入深七里許。《元一統志》：按《大都圖册》，昌平縣北二十五里有灰嶺口。又載縣北二十里有得勝口。按，《上都圖册》：野狐嶺下，亦有得勝口。

黄花鎮口，在縣東北六十里，山雖高峻，路頗平易，入深一里許。

南治口，在縣東北一百里，峪深路險，入深一十里。已上隘口，總一十一處。除居庸關城立千户一所軍守禦，與黄花鎮口、白羊口三處，仍各設巡檢司外，其餘通行徑路，今皆用石壘閉，都指揮使司各各撥軍守把。《元一統志》：口，在昌平縣東北一百三十里。《圖册》云。

橋梁

《圖經志書》：雙塔橋、榆河橋、清河橋、青龍橋。

《析津志》：橋十四：〔注一〕龍虎臺二，七

〔注一〕「橋十四」，下列橋共計十五座，疑此段數字有誤。

里河一，雙塔一，即紅橋，立《燕帖木兒碑》處，此乃去白浮村五里許龍王泉祖之廟，爲諸泉水之始。榆河一，東清河二，東菓一，東上一，西藺溝一，〔注一〕西柳二，韓家莊二，義店一。

古迹

雙塔故城，《圖經志書》：在縣西南一十里孟村社。舊傳遼人所築，遺址尚存。

大口故城，在縣南五十里清河社。

軍都故城，在縣東南四十里藺溝社。《元一統志》：略存古迹。

芹城，在縣東四十里藺溝社。隋《圖經》云：昌平有芹城，蓋謂是也。

曹村、白浮圖城、新店。已上三處，俱係本縣舊治廢址。歲久，耕墾變遷，遺迹無復可考。

龍虎臺，在縣西北五里居庸關之南，即唐志所謂狼山也。前元每歲往來上都，駐蹕於此。《析津志》：在昌平縣西北居庸山南，高平寬敞，有踞虎蟠龍之勢。大駕每來幸往還，駐蹕於此。

三疙疸，《圖經志書》：在縣南五十里清河社，有三土丘，故名。元往來上都，亦駐於此。

西湖景，在縣西南五十里青龍橋社，玉泉山東，其湖廣袤約一頃餘。舊有橋梁、水閣、湖船、市肆、蒲菱、蓮芡，擬江浙西湖之盛，故名。今存

〔注一〕「藺」，原稿作「蘭」，上下文均爲「藺溝社」，據改。

〔注一〕原稿《漁陽陶然詩》表述有誤，此詩出《陶然集》，作者原系楊鵬，字飛卿，汝陽人。天興元年，以詳議官協同知汝防禦使姬汝作宋城。金亡後，北渡寓東平二十年。著有《陶然集》，有詩近二千首。

〔注二〕「贊」，原稿作「賛」，不文，據楊鵬著《陶然集題唐狄梁公廟詩》改。

〔注三〕「抔」，原稿作「壞」，不文，據楊鵬著《陶然集·題唐狄梁公廟詩》改。

一漫陂而已。

朱懷珪冢，《元一統志》：在昌平縣正西三里有此冢，碑尚存，唐太尉也。天寶間所立碑。《圖册》云。

狼山，在昌平縣西北四十里。按《唐書·地理志》：東北有古陽夏川。今大都所上《圖册》云：居庸之北，古有防禦軍陽下川也，有狼山。

唐狄梁公廟，《析津志》：在京北昌平縣界中。漁陽陶然詩云：〔注一〕當年狐婦竊君威，羅織淫刑發禍機。滄海珠難留得在，黃金瓜已摘來稀。國從一虎口中出，日逐五龍天上飛。今日居庸關下路，空餘祠廟對斜暉。又：獨木曾扶大廈傾，至今凛凛尚如生。如何原上一丘土，埋得斗南千古名。誰置豐碑紀功烈，天教直棘表精誠。王侯雖失當時斷，表使英雄恨不平。

有唐大器已他歸，天贊元神輔帝奎。〔注二〕鸚鵡忽驚雙翅折，蛟龍還上九天飛。一抔易剗乾陵土，〔注三〕百世難消李勣非。自古忠誠繫興廢，不勝惆悵泪沾衣。梁妤能題梁公遺廟近居庸，名賈乾坤壯九重。言語即能回武后，山河因此屬中宗。枝危艮力情何切，爲國無私意更忠。自古幽并多俊杰，人材豈止限山東。

都督幽州數百年，至今遺愛尚依然。既垂赤手技唐世，肯捨丹心附則天。萬古祇談仁傑事，一時又薦柬之賢。窮途無物難爲禮，聊折山花奠几筵。

寺觀

《圖經志書》：昭聖寺，在縣治東北。

户口

洪武二年，初報户四百五十一，口一千六百三十六。洪武八年，實在户四千一百五十九，口一萬四千一百四十五。

田糧

洪武二年，初報民地五十頃七十三畝五分，每畝起科，夏税地正麥五升，秋糧地正米五升。洪武八年，實在官民地一千四百四十八頃三十七畝九分七厘七毫一忽，官地九頃八畝四分八厘六毫一絲八忽，每畝起科，夏税地正麥五升，秋糧地正米五升；民地一千四百三十九頃二十九畝四分九厘八絲三忽，每畝起科，夏税地正麥五升，秋糧地正米五升；已起科地六百七十八頃五十畝四分四厘一毫六絲六忽，官地九頃八畝四分□厘六毫一絲八忽，〔注一〕民地六百六十九頃四十一畝九分五厘五毫四絲八忽；未起科民地七百六十九頃八十七畝五分三厘五毫三絲五忽。已上并見《圖經志書》。

名宦

《圖經志書》：牽招，字子經，安平觀津人。事魏，〔注二〕自平虜校尉督青徐諸軍，爲使持節護鮮卑校尉，屯昌平。廣布恩信，誘納降附，鮮卑十餘萬落皆令款塞。《元一統志》：招自平虜校尉督青徐州諸軍，徙爲使持節護鮮卑校尉也。昌平是時，邊民流散，山澤多亡叛，招廣布恩信，誘納降附。

狄仁傑，仁傑事唐，嘗爲幽州昌平令。有老嫗泣訴於庭，謂虎害其子。《元一統志》：謂暴虎害其子。仁傑作文籲神曰：「幽司於神明隸於令，盍相儆懼？曰其何政之疵而戾法典、違天休，將奚施而塞此咎，惟神赫靈癉惡擊獸麗罪，不然令拜章引咎，即解印綬去。」未幾，虎伏階下，仁傑即日告於衆殺之，自是一縣無復虎患。後萬歲通天中，契丹入寇，河北震

〔注一〕「厘」，原稿重文，據上下文意，前「厘」字應爲數字之誤。

〔注二〕「魏」，原稿爲「晉」，陳壽《三國志·魏書》卷二六有《牽招傳》。《晉書》卷六〇《牽秀傳》載「祖招，魏雁門太守」，據改。

動，仁傑自魏州刺史進幽州都督，有功，賜紫袍龜帶，武后自製金字十二於袍，以旌之。《元一統志》：言旌其忠。召拜同平章事。按：仁傑昌平令殺虎事，唐書本傳不載。而昌平狄公祠舊有碑，鄉民尚傳其事，今從舊記所書。《析津志》：今昌平縣有祭神搏虎文碑見在。

人物

寇恂，《圖經志書》：恂，字子翼，上谷昌平人。從漢光武起兵，拜偏將軍，遂破郡賊。光武既定河南，而難其守，以恂文武備足，有牧人御衆之才，拜河内太守，行大將軍事。後拜潁川太守，擊斬賈期，悉平其郡。又從光武征潁川，百姓遮道曰：「願復借寇君一年。」乃留鎮撫。後高峻據高平，不下，光武命恂奉璽書降之。恂經明行修，時人稱有宰相器。《析津志》：封雍奴侯。

劉蕡，蕡，字去華，幽州昌平人。明《春秋》，浩然有救世之心。唐文宗即位，宦人握兵，橫制海内，號曰北司。〔注一〕太和二年，舉賢良方正，能直言極諫。蕡對策直言痛切，專指親近嬖幸者。第策官左散騎常侍馮宿等畏宦人，不敢取而黜之。人讀其策，至感慨流涕。諫官御史交章

〔注一〕「號曰北司」，劉昫等《舊唐書》卷一九〇下《劉蕡傳》作「當時目爲南北司」。

初。

初，廷玉勸泚入朝，德宗知廷玉名。及見，禮待優渥。廷玉以大理少卿爲司馬。後泚弟滔以幽州叛，帝示滔表，而泚亦白發其書，乃歸咎於廷玉，貶柳州司户。廷玉至藍田驛，謂子少誠、少良曰：「今吏使我出潼關，此殆滔逆計。」乃自赴河而死。帝憫其忠，歸其柩，厚賻之。

《元一統志》：又有朱體微者，泚之腹心。廷玉有建白，體微左右之。

劉怦，《圖經志書》：怦，幽州昌平人。少爲范陽裨將。唐德宗時，以功稍遷涿州刺史。朱滔反，怦以書諫曰：「司徒身節制太尉，位宰相，恩遇極矣。今昌平有太尉鄉、司徒里，不朽業也。能以忠順自將，則無不濟。」滔不從。及滔死軍中，盡推怦，乃總軍事。俄，詔爲節度副大使，〔注一〕封彭城郡公。

張拔都，昌平人。初，元太祖南征，拔都率衆來附，願爲前驅，遂留備宿衛。從近臣漢都虎西征回紇、河西諸蕃，道蜀入洛，屢戰，流矢中頰不少却。太祖聞而壯之，賜名拔都，自是漢都虎亦

〔注一〕「節」，原稿爲「度」，據《新唐書》卷二一二《劉怦傳》改。

專任之。甲午，金亡，以漢都虎爲炮手諸色軍民人匠都元帥，守真定。漢都虎卒，無子，以拔都代之。及漢都虎兄子瞻闍少長，拔都請於朝，歸其政而終老焉。

仙佛

寇謙之，《圖經志書》：謙之，字輔直，上谷昌平人。遇仙人成功興，與之游嵩、華，食仙藥，遂隱嵩陽。元魏始光中，迎至闕，建都壇，創净輪天宮，號太平真君。九年正月七日，謙之謂弟子曰：「昨夢成功興召我於中嶽仙宮。」五月二十日，遂化去。有青氣若烟，從口中出，天半乃消，其體漸縮。識者謂之「尸解」。至七月十五日，東郡沈猷采藥嵩山，見謙之身作銀色，光明如日。由是知其爲仙矣。

土産

《圖經志書》：粟、稻、黍、二麥、雜豆、脂麻、蜀黍、棗、栗、山椒、土硝。縣西南三十五里蘇家堝，古有硝場。已上本境鄉社，俱各出産。

東安縣

沿革

東安縣，《圖經志書》：本漢安次縣，屬漁陽郡。武帝以屬燕國，後屬渤海郡，又改隸廣陽郡，未幾仍屬渤海。魏、晋俱屬燕國。隋屬涿郡。唐武德四年，移治於城東南五十里石梁城。貞觀八年，又自石梁城移置縣西五里魏常道城。開元二十三年，又自常道城東移於耿橋行市南置治，即今舊縣也。遼、金皆因之。元初，隸大興府，後割屬霸州。中統四年，改升爲東安州，隸大都路。洪武元年八月内附，仍爲州，隸北平府。二年三月，降爲縣，仍隸本府。因渾河衝决，侵蝕縣治，三年十一月，移置於縣東南四十里常伯鄉張李店云。

《大明清類天文分野之書》：漢安次縣，武帝屬燕國，後屬渤海郡。又屬廣陽郡，未幾仍隸渤海。晋屬燕國。隋屬涿郡。唐武德四年後，於石梁城置治。貞觀八年，又自石梁城移治於安次縣西五里常道城。開元二十二年，又自常道城移耿橋行市南置。遼、金并因之。元初屬大興府，後屬霸州。中統四年，升東安州，屬大都。本朝洪武二年降爲縣，屬北平府。

《太平寰宇記》：安次縣，東南一百里，十六鄉。本漢舊縣，縣東枕永濟渠。漢武帝以屬燕國，王旦有罪，削以屬渤海郡。《續漢書·郡國志》：安次屬漁陽郡。

縣境

《圖經志書》：東西二十七里，南北一百八十里。

至到

《圖經志書》：北到北平府一百五十里，東至本府漷州、武清縣界東張家務村一十五里，

自界首到武清縣治三十五里，共計五十里；東南至武清縣界定子務村四十里，自界首到小直沽海口一百一十里，共計一百五十里；南至河間府、青州、靜海縣界羊糞港九十里，自界首到靜海縣治五十里，共計一百四十里；西南至本府霸州界外狼城四十里，自界首到霸州治九十里，共計一百三十里；西至本府永清縣界橫亭村一十二里，自界首到永清縣治三十八里，共計五十里；西北至本府固安縣界晝家莊七十五里，自界首到固安縣治二十五里，共計一百里；北至

本府大興縣界清潤店七十里，自界首到大興縣治六十里，共計一百五十里；〔注一〕東北至本府漷州界東河頭村七十五里，自界首到漷州治三十五里，共計一百一十里。

《元一統志》：西北至上都九百一十里，北至大都一百一十里，東至漷州、武清縣界馮家莊三十里，南至永清縣界火燒務二十里，西至固安州界畫家莊二十五里，北至大興縣界清潤店四十里，東至漷州八十里，南到永清縣五十里，西到固安州五十里，北到大興縣一百里，東南到武清縣七十里，西南到新城縣一百三十里，東北到通州一百一十里，西北到宛平縣一百二十里。

城池

《圖經志書》：縣治新徙，故城池未及設置。

廨宇

《圖經志書》：按察分司，在縣治東。洪武五年創蓋。

縣治，在宣化坊。洪武三年創蓋。

税課局，在縣南三十里。洪武八年創蓋。

〔注一〕「七十里」加「六十里」，不是「一百五十里」，數字有誤。

巡檢司，在葛榆城。洪武七年創蓋。

惠民藥局，在縣治西。洪武六年創蓋。

官鹽局，在縣南。洪武六年創蓋。

急遞鋪：在城鋪、常甫鋪、祖家莊鋪、李家務鋪。

申明亭：在城、史家務社、葛榆城社、嚮口社、馬頭社、史家莊社、挑河頭社、出河港社、狼城社、第十社、王家莊社、垡頭社、邵家莊社、北昌社、潘村社。

養濟院，在縣治東。洪武七年創蓋。

安樂堂，在縣治東。洪武九年創蓋。

坊市

《圖經志書》：文城坊、澄清坊、宣化坊、德賢坊、積慶坊。已上屬坊市社。

鄉社

《圖經志書》：史家務社、葛榆城社、嚮口社、馬頭社、史家莊社、挑河頭社、出河港社、狼城社、第十社。已上舊屬常伯鄉。

王家莊社。舊屬安業鄉。

垡頭社、邵家莊社。已上舊屬里仁鄉。

北昌社。舊屬崇福鄉。

潘村社。舊屬惠化鄉。

《元一統志》：常伯鄉、安業鄉、里仁鄉、崇福鄉、惠化鄉、長壽鄉。

軍屯 四十七。

《圖經志書》：燕山左衛八，在史家務社。

燕山右衛四，在邵家莊社。

永清右衛二，在史家務社。

大興右衛一，在第十社。

彭城衛五：北昌社，〔注一〕史家務社一。

濟陽衛二十七：北昌社八，王家莊社二，垈頭社一十七。

壇場

《圖經志書》：社稷壇，在縣治西北，洪武三年創建，八年依式修整。

風雲雷雨山川壇，在縣治東南，洪武三年創建，八年依式修整。

無祀鬼神壇，在縣治北，洪武三年依式創建。

祠廟

《圖經志書》：三皇廟，在縣治西，洪武八

〔注一〕「北昌社」，下疑脱數字「四」。

年創建。

文廟，在文成坊，洪武八年創建。

城隍廟，在縣治西南，洪武四年依式創建。

學校

《圖經志書》：縣學，在文成坊，洪武五年創蓋。

射圃，在縣學西，洪武八年創築。

分教學舍，在縣學東，洪武八年創蓋。

社學五：史家務社、第十社、北昌社、垈頭社、邵家莊社。

風俗

《圖經志書》。與本府同。

《元一統志》：地邇京畿，風氣所宜，與大都同。

山川

桑乾河，《圖經志書》：在縣西北四十里，俗呼渾河。經流宛平縣盧溝橋，至舊東安州境，南入於永清縣。詳見本府山川類。

白河，《圖經志書》：河在縣南八十里，自霸州界北流，至縣境，匯於淀泊，又東南入武清縣。

柘溝水，《元一統志》：溝水亦名盧溝水，即渾河與桑乾水也。以其水經柘城因名。柘溝自大興縣界流至東安州境，南入武清縣界。

洺水，《輿地要覽》：水出縉山。

關隘

葛榆城，《圖經志書》：城在縣南四十里淀泊中，周圍二里許，沙阜隆起若城垣，然其地南通静海，東接武清之醎水沽，乃水陸衝要之所。今設巡檢司。

古迹

《圖經志書》：古縣城，在縣西北四十里，周圍三里，基址微存，蓋漢之安次縣也。

舊東安州城，在縣西北四十里，爲渾河所衝，僅存餘址。

古狼城，在縣東南，今没於淀泊，基址不存。《元一統志》：城周圍三里，在州南一百二十里，基址微存。

常道城，在縣西五十里。按《元和郡縣志》：安次縣，本魏之常道城。明帝封燕王宇子奂爲安次縣常道鄉公，即此地也。今渾河衝決，餘址俱無。《元一統志》：今縣又自常道城移耿橋行市。《析津志》：唐武德四年，安次移於城東約五十里，有石梁城。

石梁城，《寰宇記》云：唐武德四年，移安次縣於東南五十里。石梁城，今莫究其地。

葛榆城，《元一統志》：城周圍二里，在州南八十里，基址微存。

劉琨冢，《圖經志書》：《元和郡縣志》云，在安次縣東二十里。按《晉書》：琨與幽州刺史段匹磾同謀討石勒，屯薊城，後爲匹磾所害，遂葬於此。自後縣屢徙，莫知所在。

户口

《圖經志書》：洪武二年，初報户四百四十八户，口一千四百五十五口。洪武八年，實在户三千七百七十四户，口一萬五千八百五十一口。

田糧

《圖經志書》：洪武二年，初報民地九十七頃一畝，每畝起科，夏税地正麥五升，秋糧地正米五升。洪武八年，實在地二千一十三頃七十三畝一分二厘九毫二忽六微，官地一十四頃二十三畝七分四厘一毫四絲一忽三微，每畝起科，夏税侍郎。知潭州，改襄州，轉兵部侍郎、知江陵府，入拜參知政事。三蜀平，知成都府，加吏部侍郎，後除尚書左丞。餘慶重厚有守，所治以寬簡治。弟端。《元一統志》：胤以名犯宋太祖諱。至道中爲宰相，贈侍中。

端，字易直。宋建隆初爲太常丞，歷官四十年，擢户部侍郎、同中書門下平章事。端持重，識大體。太宗疾大漸，内侍王繼恩忌太子英明，陰與參政李齡謀立故楚王元佐。太后使繼恩召問端，端知有變，鎖繼恩於閣中，使人守之而入。太后曰：「宮車宴駕，立嗣以長，順也。今將何

如？」端曰：「先帝立太子，正爲今日，豈宜有异議也？」乃遂立太子，是爲真宗。端以右僕射監修國史，後除太子太保。孫誨。《元一統志》：誨，少聰慧好學。知浚儀縣，同判定州。開寶中，副郝崇信使遼八年。知成都府，召拜開封府判官。後知蔡州，入知開封，爲侍御史。使高麗，遷大理少卿，拜右諫議大夫。後拜參知政事。爲御史，有直聲。

誨，字獻可。仁宗時，自大通監召入爲殿中侍御史，彈劾無所避。公主夜開禁門訴事，誨劾奏公主閣宦者，竄逐之。英宗即位，遷知諫院，〔注一〕劾内侍都知任守忠過惡，竄之南方。神宗初，爲御史中丞。時王安石方用事，誨爲安石中懷狡詐，置諸宰府，則天下必受其弊，首奏劾之。

〔注一〕「遷知諫院」，《宋史》卷三二一《呂誨傳》作「召爲侍御史，改同知諫院」。

地正麥一斗，秋糧地正米一斗；民地一千九百九十頃四十九畝三分八厘七毫六絲一忽三微，每畝起科，夏税地正麥五升，秋糧地正米五升；已起科地一千五百六十五頃一十八畝一分二厘四毫九絲一忽八微，〔注一〕官地一十四頃二十三頃七分四厘一毫四絲一忽三微，民地一千五百五十頃九十四畝三分八厘三毫五絲五微；未起科地四百四十八頃五十五畝四毫一絲八微。

人物

呂琦，《圖經志書》：琦，字輝山，安次人也。少游汾、晉間。後唐莊宗鎮太原，以爲代州軍事推官。〔注二〕明宗時，遷至禮部郎中、史館修撰。廢帝入立，除知制誥、給事中、樞密院直學士。〔注三〕時石敬瑭鎮河東，有貳志，帝患之。琦言宜用漢故事，歲給金帛與契丹和親，帝不用其計。後敬瑭起兵，果引契丹爲援，遂以亡唐。子餘慶。《元一統志》：琦爲駕部員外，兼侍御史知雜事。〔注四〕琦事晉爲兵部侍郎。

餘慶，初名胤，餘慶字也，以字行。初，宋太祖節制同州，餘慶爲從事，歷三鎮，并在幕府。及即位，授給事中、端明殿學士、知開封府，遷户部

〔注一〕「地」，原稿重文，據上下文意删。

〔注二〕「推」，《舊五代史》卷九二《呂琦傳》作「判」字。

〔注三〕「樞密院直學士」，《舊五代史》卷九二《呂琦傳》作「端明殿學士」。

〔注四〕「侍」，原稿作「事」。「知」，原稿作「卿」。據《舊五代史》卷九二《呂琦傳》改。